LOUIS XV

ET

MADAME DE POMPADOUR

PEINTS ET JUGÉS

PAR

LE LIEUTENANT DES CHASSES

DU PARC DE VERSAILLES

PARIS

J. BAUR, ÉDITEUR

11, RUE DES SAINTS-PÈRES, 11

1876

Paris. — Typographie MOTTEROZ, 31, rue du Dragon.

LOUIS XV

ET

MADAME DE POMPADOUR

MISE EN VENTE

100 Exemplaires sur papier vergé

et 5 sur chine

Paris. — Typ. Motteroz, rue du Dragon, 31.

LOUIS XV

ET

MADAME DE POMPADOUR

PEINTS ET JUGÉS

PAR

LE LIEUTENANT DES CHASSES

DU PARC DE VERSAILLES

PARIS

J. BAUR, ÉDITEUR

11, RUE DES SAINTS-PÈRES, 11

1876

AVANT-PROPOS

Nous mettons l'intérêt de cette réimpression sous la garantie de Sainte-Beuve. Le maître de la critique moderne a dit : « Ce que j'ai lu de plus favorable à Louis XV est dans un petit écrit intitulé : *Portraits historiques de Louis XV et de madame de Pompadour, faisant partie des œuvres posthumes de Charles-Georges Leroy, pour servir à l'histoire du siècle de Louis XV* (Paris, Valade, 1802, in-8, 36 p.). L'auteur, qui avait eu l'occasion de voir continuellement Louis XV dans ses chasses, parle de ce roi d'un ton de vérité plutôt bienveillante; mais il insiste autant que personne sur sa timidité, sa défiance de lui-même, son impuissance totale de s'appliquer, et cette inertie, cette apathie incurable, qui ne fit que croître avec les années. »

En écrivant ces lignes, Sainte-Beuve ne voulait que rapprocher, en toute équité, le jugement de Georges Leroy sur Louis XV de ceux de plusieurs contemporains et de celui que lui-même portait après lecture de la *Relation inédite de la dernière maladie de Louis XV*, par le duc de Liancourt (*Portraits littéraires*, t. III, p. 515). Comme on le verra tout à l'heure, l'indulgence du philosophe moraliste n'est pas plus frappante dans l'opuscule du lieutenant des chasses du parc de Versailles que le talent du peintre naturaliste, et peut-être l'est-elle moins. Les portraits physiques que Georges Leroy y a tracés du prince qui fut la condamnation de sa race, et de la favorite qui ne valut guère mieux que son maître, sont d'une vérité et d'une vie éclatantes ; ce sont deux chefs-d'œuvre de vision précise et nette, sans prétention au pittoresque, dont il n'était pas alors question. On peut dire, en vérité, des deux pages sur la beauté de Mme de Pompadour, qu'elles animent le pastel de Latour et lui donnent le mouvement.

Libéral de sa plume comme son ami Diderot, Georges Leroy avait écrit ces portraits pour Rulhière ; ils devaient trouver place dans une *Histoire de la révolution de Pologne*. M. Roux-Fazillac les a fait imprimer en brochure la même année qu'il donnait la seconde édition des fameuses *Lettres sur les animaux* (1802), pour des amis sans doute et à fort petit nombre, car nous n'avons encore vu que l'exemplaire de la Bibliothèque nationale, sur lequel nous réimprimons.

Il est à remarquer que ces morceaux de prix ont échappé aux recherches des écrivains de ce temps-ci qui se sont occupés le plus à fond du XVIIIe siècle. MM. de Goncourt et M. de Lescure les ont ignorés, car ils ne les ont cités nulle part.

La dernière et la meilleure édition des *Lettres sur les animaux*, de Georges Leroy, est celle de 1862, donnée par le docteur Robinet, Paris, Poulet-Malassis, in-18; elle est épuisée et recherchée. Nous faisons réimprimer les *Portraits* dans le même format, non pas comme une suite nécessaire à ce beau livre : suivant le point de vue auquel on se trouvera placé, on pourra les joindre ou les mettre à côté.

A. P.-M.

PORTRAITS HISTORIQUES

DE

LOUIS XV

ET DE

MADAME DE POMPADOUR

FAISANT PARTIE

DES ŒUVRES POSTHUMES

DE

CHARLES-GEORGES LE ROY

Pour servir à l'Histoire du règne de Louis XV

A Paris

CHEZ VALADE, IMPRIMEUR

Rue Coquillière

AN X (1802)

NOTE DE L'ÉDITEUR

Quelque peu étendu que soit ce fragment historique, on a pensé que le public, qui connaît déjà les sages observations du naturaliste métaphysicien (1), ne verrait pas sans intérêt celles du moraliste philosophe.

---

(1) LETTRES PHILOSOPHIQUES SUR LES ANIMAUX, *vol. in-8, qui vient de paraître et se vend chez le même imprimeur.*

PORTRAIT DE LOUIS XV

La figure de Louis XV était véritablement belle; il avait les cheveux noirs et bien plantés, le front majestueux et serein; ses yeux étaient grands, son nez bien formé, sa bouche était petite et agréable; il n'avait pas les dents belles, mais elles n'étaient pas assez mal pour défigurer son sourire, qui était charmant. Un air de grandeur très-remarquable était empreint sur sa physionomie, qui était encore rehaussée par la manière dont il s'était fait l'habitude de porter sa tête. Cette manière était noble, sans être exagérée, et quoique ce prince fût naturellement timide, il avait assez travaillé sur son extérieur pour que sa contenance ordinaire fût ferme, sans la moindre apparence de morgue; en public, son regard était assuré, peut-être un peu sévère, mais sans autre expression; en particulier, et surtout lorsqu'il adressait la parole à quelqu'un qu'il voulait bien traiter, ses yeux prenaient un singulier caractère de bienveillance, et il avait l'air de solliciter l'affection de ceux auxquels il parlait. La taille de ce prince, quoique un peu au-dessus de la médiocre, était sans noblesse; ses épaules étaient rondes et un peu ravalées, ses hanches renflées, et ses jambes trop grêles; une partie de ces défauts était peut-être due à l'excès avec lequel il se livrait à l'exercice du cheval.

Il est vraisemblable que la postérité, qui

ne recueille que l'ensemble des faits principaux, ne sera jamais bien instruite sur les qualités personnelles de ce prince. Né avec la plus heureuse mémoire, un discernement juste et prompt, un grand fonds de bonté, il ne lui a manqué, pour être un grand roi, que plus d'activité et de confiance en lui-même. Il est vraisemblable que, s'il eût été placé de bonne heure dans des circonstances qui l'eussent forcé d'exercer les facultés dont il était doué, elles auraient acquis une énergie qui en aurait fait un autre homme; il sentait, et il l'a dit, qu'étant né sur le trône, il lui était impossible d'être frappé des objets comme l'étaient les autres hommes, parce qu'il les avait toujours regardés d'un autre point de vue.

La paresse, qui domine naturellement tous les hommes, doit assujettir avec beaucoup plus d'empire un roi de France. Dans la classe des rois, il est au premier rang, sans contradiction; il n'a rien à acquérir du côté du pouvoir, et il doit être content de son partage, à moins qu'il ne soit enflammé des idées de l'héroïsme, ce qui n'est pas ordinaire. Le dégoût naturel qu'ont les hommes pour l'action de l'esprit s'augmente par la facilité des jouissances; bientôt il devient, par l'habitude, une impuissance totale de s'appliquer, malgré l'ennui qui en est le résultat et la peine : c'est ce que Louis XV ne tarda pas à éprouver. De là le besoin qu'il eut de se livrer aux distractions, de changer continuellement de lieu, et de remplacer par le mouvement l'application, qui l'eût servi beaucoup mieux, mais dont l'effort lui était devenu impossible. On ne saurait croire combien cette force d'inertie avait acquis d'empire avec le temps, ni combien elle influa sur les événemens de son règne; c'est à elle qu'on doit attribuer cette insouciance absolue sur les affaires qui livra l'État aux vues particulières et aux passions des ministres, et qui sacrifia si souvent ces mêmes ministres aux intrigues que la faiblesse du prince multiplia sans fin.

Né avec un goût vif pour les femmes, des

principes de religion et, plus encore, beaucoup de timidité naturelle l'avaient tenu attaché à la reine, dont il avait eu déjà huit ou dix enfans. Le cardinal de Fleury craignait, trop peut-être, que l'ennui ne lui fît chercher des distractions ailleurs. Il redoutait le moment où il pourrait échapper à sa dépendance, s'il rencontrait quelque maîtresse qui eût du caractère et le désir de se mêler des affaires. On prétend qu'il fit choix lui-même de la comtesse de Mailly, qu'il jugea propre à remplir ses vues. Cette dame était fort loin d'être jolie, mais elle avait beaucoup de grâces dans la taille et dans les manières, une sensibilité déjà connue, un caractère de complaisance fait pour abréger les formalités; cela était nécessaire pour vaincre la timidité d'un prince encore novice, que la moindre réserve eût effarouché. On était sûr, d'ailleurs, du désintéressement de celle qu'on destinait à devenir favorite et de son éloignement pour tout projet sérieux d'ambition. Ce ne fut pas sans peine qu'on parvint à établir une familiarité complète entre un prince excessivement timide et une femme à laquelle sa naissance, du moins, imposait quelques bienséances, quoique sa pétulance exercée tendît à les lui épargner. Tout le monde sait quelles suites elle eut, quel empire le goût pour les femmes exerça sur Louis XV, combien la variété lui devint nécessaire, et combien peu la délicatesse et toutes les jouissances des âmes sensibles entrèrent dans ses amusemens multipliés.

Ce prince avait naturellement quelque goût pour les sciences positives; l'astronomie, l'anatomie, la chimie, ne lui étaient pas étrangères. Sans chercher les savans, il aimait à les rencontrer et en savait assez pour les questionner avec intelligence sur les différens objets de leurs travaux. Il était fort instruit sur la géographie et n'était pas sans connaissances sur l'histoire moderne. La poésie, la peinture, la musique, tous les arts d'imagination, n'avaient aucun attrait pour lui; aussi, ce qu'il a laissé d'établissemens relatifs aux arts ne lui appartient pas; ses idées personnelles ne s'étendaient pas au delà de la vie privée.

Sa familiarité était toujours obligeante, et il avait une intention générale de plaire aux personnes avec lesquelles il vivait, ce qui, dans un prince, suppose toujours un grand fonds de bonté; ce qui le prouve encore mieux, c'est qu'il avait su réprimer les saillies de l'humeur, qui, malgré son apathie, lui auraient quelquefois échappé.

S'il était indifférent sur les grands objets qu'il s'était accoutumé à regarder comme éloignés de lui, les petites contradictions l'auraient facilement irrité, comme elles irritent les enfans; mais il évitait avec soin les occasions d'être mécontent, pour être sûr de ne le pas paraître; aussi, son service intime était-il très-facile et très-agréable; il paraissait souvent distinguer par des égards ceux de ses domestiques qui avaient une réputation bien établie de probité et de mérite, mais le vrai penchant était pour ceux qui n'avaient que des qualités médiocres; il permettait à ceux-là une familiarité qu'il aurait repoussée de la part des autres.

Cet homme, toujours subjugué, était toujours tourmenté par la crainte de l'être; cette disposition influa constamment sur la conduite qu'il eut avec ses ministres. Son indolence le portait à céder facilement à tout ce qu'ils lui proposaient, sans prendre la peine de l'examiner, encore moins de le contredire; son jugement sain et l'expérience qu'il avait des affaires lui faisaient souvent désapprouver en secret leur conduite et leurs mesures; rarement il se permettait des représentations, il n'y insistait jamais; la consolation de ces âmes indolentes, que la faiblesse domine sans leur ôter l'intelligence, est le mépris pour ceux qui les conseillent mal, soit par ignorance, soit par des passions particulières. Louis XV savait apprécier ceux qu'il employait, mais son estime n'influait en rien sur son abandon; peut-être même était-il disposé à céder avec moins de résistance à celui qu'il estimait le moins. Cependant un désir sourd de ne pas paraître toujours dominé lui faisait prendre quelquefois des airs glacés et des regards de maître qui imprimaient la terreur aux plus audacieux et déconcertaient ceux qui se croyaient le plus avant dans sa confiance : dans ces momens, sa faiblesse semblait vouloir s'étayer de tout ce que le pouvoir a d'imposant; mais les ministres, qui le connaissaient bien, savaient qu'il ne fallait que gagner du temps, et qu'en multipliant les intrigues, la persévérance les ferait toujours venir à bout de leurs desseins. Une chose les inquiétait beaucoup plus, c'est la connaissance qu'ils avaient de la défiance et de la profonde dissimulation de ce prince : on ne sait si elles lui étaient naturelles ou si elles lui avaient été de bonne heure inspirées par le cardinal, mais il en était venu à regarder la dissimulation comme une qualité qui lui était absolument nécessaire, et c'est à dissimuler que se bornait pour lui l'art de gouverner. L'expérience des hommes, parmi lesquels il y a sans doute beaucoup de fripons, avait porté sa défiance au point qu'il était fort incertain s'il croyait à la probité ; ce qu'il y a de sûr, c'est que du moins il regardait les personnes vertueuses comme peu capables ; on l'a vu employer des gens pour lesquels on lui connaissait un souverain mépris, que plus d'une fois il avait signalés comme malhonnêtes ; il ne s'en livrait pas moins à eux sans apparence de réserve. Cette défiance, malheureusement justifiée par un grand nombre de faits, avait donné, dans les derniers temps, de l'immoralité à son caractère et mis le comble à son apathie ; elle avait surtout fait des progrès rapides depuis qu'on avait attenté à sa vie. Comme jusqu'alors ses intentions avaient été droites, il désespéra de pouvoir jamais faire le bien, parce qu'on est toujours plus disposé à regarder comme impossible en soi ce qu'on n'a pas le courage de faire que de s'avouer à soi-même son impuissance personnelle.

C'est à ce point qu'était parvenu par degrés un homme qui, s'il fût né particulier, aurait été jugé, par son intelligence et son caractère, au-dessus du commun et ce qu'on appelle proprement un galant homme. Si, étant né prince, il eût reçu une bonne éducation, s'il se fût trouvé surtout dans des circonstances qui l'eussent obligé d'employer avec un peu d'énergie les facultés que la nature lui avait données, il est vraisemblable que peu de princes eussent mieux mérité du genre humain par la bonté qui aurait sûrement dirigé ses actions, si ses actions avaient été à lui.

PORTRAIT

DE LA

MARQUISE DE POMPADOUR

La marquise de Pompadour était d'une taille au-dessus de l'ordinaire, svelte, aisée, souple, élégante; son visage était bien assorti à sa taille, un ovale parfait, de beaux cheveux, plutôt châtain clair que blonds, des yeux assez grands, ornés de beaux sourcils de la même couleur, le nez parfaitement bien formé, la bouche charmante, les dents très-belles, et le plus délicieux sourire; la plus belle peau du monde donnait à tous ses traits le plus grand éclat. Ses yeux avaient un charme particulier, qu'ils devaient peut-être à l'incertitude de leur couleur; ils n'avaient point le vif éclat des yeux noirs, la langueur tendre des yeux bleus, la finesse particulière aux yeux gris; leur couleur indéterminée semblait les rendre propres à tous les genres de séduction et à exprimer successivement toutes les impressions d'une âme très-mobile; aussi le jeu de la physionomie de la marquise de Pompadour était-il infiniment varié, mais jamais on n'aperçut de discordance entre les traits de son visage; tous conspiraient au même but, ce qui suppose une âme assez maîtresse d'elle-même; ses mouvemens étaient d'accord avec le reste, et l'ensemble de sa personne semblait faire la nuance entre le dernier degré de l'élégance et le premier de la noblesse.

La marquise de Pompadour était née avec un caractère modéré et une intelligence peu au-dessus de la commune. Sa mère, qui avait été fort galante et ne manquait pas d'habileté, ayant, presque dès l'enfance, destiné sa fille à faire fortune par la beauté et les talens agréables, lui avait donné dans ce genre une éducation très-soignée; la jeune élève en avait parfaitement bien profité. On put dire d'elle ce que Salluste disait de Fulvie : « *Psallere, saltare elegantius quam necesse est probæ.* » Mariée jeune, dans une maison opulente, sa beauté, son caractère et ses talens la rendirent l'objet des adorations d'une société nombreuse; mais soit que son sentiment intime lui dît qu'elle pouvait prétendre à mieux qu'aux hommages de cette société bourgeoise, soit que des vues d'ambition lui fussent suggérées par sa mère, il paraît qu'elle forma et nourrit assez longtemps des desseins sur le cœur de Louis XV.

D'abord, elle chercha les occasions de se faire remarquer à la chasse, et comme sa beauté était alors dans tout son éclat, il était impossible qu'elle ne devînt pas un objet d'attention et même d'intérêt pour un prince jeune, ardent, qui devait se sentir beaucoup de moyens de plaire, et qui avait vaincu la timidité qui, pendant longtemps, avait balancé son goût pour les femmes.

L'occasion des fêtes pour le second mariage de monsieur le Dauphin amena une entrevue qui, vu les dispositions réciproques, ne pouvait avoir qu'un heureux succès, et qui fut suivie de plusieurs autres. Les courtisans pénétrèrent bientôt un mystère qu'on ne prenait pas grandes précautions pour cacher; on espérait le plus grand succès d'une publicité graduée et ménagée adroitement; il est vraisemblable que le roi n'avait compté, dans toute cette intrigue, que sur un amusement passager; mais lorsque celle qui en était l'objet, armée de tout le pouvoir que les larmes et le désespoir peuvent prêter à la beauté, lui peignit le malheur affreux dans lequel la plongeait le sacrifice qu'elle avait eu la faiblesse de lui faire, lorsqu'elle lui montra qu'honorée, chérie, heureuse dans une famille qui l'idolâtrait, elle serait punie, par l'opprobre et le mépris général, de l'amour qu'elle avait eu pour lui, ce prince, naturellement honnête et bon, se crut entraîné par une nécessité indispensable à un éclat qu'il n'avait pas prévu et qu'il eût voulu peut-être éviter. De ce moment, l'état de maîtresse déclarée du roi devint un rang à la cour.

La marquise de Pompadour vit toute la France à ses pieds; ce qu'il y avait de plus grand, même en femmes, s'empressa de lui faire sa cour à des toilettes publiques qui attestaient le pouvoir de la beauté et le respect, peut-être outré, des courtisans pour les volontés du maître. On peut juger de l'impression qu'un éclat si éblouissant dut faire sur une personne accoutumée, à la vérité, aux hommages, mais étrangère aux manières et surtout au respect de la plus brillante des cours. Elle n'y parut point déplacée; elle plia même les courtisans à son propre ton et conserva, sans beaucoup de mélange, les manières et l'ensemble d'une jeune beauté qui avait été idolâtrée dans une société qui n'était pas du premier ordre, et qui se croyait faite pour l'être partout. L'ivresse du bonheur se faisait remarquer dans les yeux de la marquise de Pompadour; il faut pourtant lui rendre cette justice, qu'en jouissant de son triomphe avec un air d'empire, elle n'y mêla point de hauteur déplacée; elle conserva avec les personnes qui avaient été ses égales une décente familiarité. Les grands n'eurent à reprocher qu'à eux-mêmes le profond abaissement auquel ils descendirent souvent. La marquise de Pompadour ne conserva pas longtemps sans inquiétude le pouvoir que sa beauté lui avait acquis sur Louis XV. Elle le soutint pendant quelque temps par l'usage des talens qu'elle avait cultivés; cette ressource fut bientôt usée, et alors elle eut recours à des déplacemens continuels, par lesquels elle essaya de distraire le monarque ennuyé; mais son goût pour les femmes ne lui rendait vraiment intéressantes que les distractions de ce genre; elle prit le parti de présider à ses amusemens, afin du moins d'écarter par son choix toute personne entreprenante qui aurait pu se saisir de l'empire. Elle voulait conserver le pouvoir sous le nom d'amitié, et elle y réussit; pour multiplier ses rapports avec le monarque, elle chercha à entrer dans les affaires. La paresse naturelle de Louis, le pouvoir que l'habitude donne sur les âmes faibles aux personnes qui s'attachent constamment à l'acquérir, favorisèrent ce dessein. Les ministres ne proposèrent plus rien au roi sans le concours de la favorite, devenue son amie. Quant à elle, elle ne put porter dans le gouvernement que ce qu'elle avait, c'est-à-dire une bonne intention générale, avec peu de lumières et nulle expérience; de là, point d'ensemble ni de plan dans la conduite, de petits motifs, de petites affections dans le choix des sujets, de la bonté et de la modération dans les affaires particulières; mais dans les générales, outre l'ignorance naturelle à une femme qui ne s'était occupée que des arts d'agrément, la petite vanité d'une bourgeoise devenue premier ministre.

La fin de la marquise de Pompadour ne fut pas heureuse. Longtemps elle avait paru n'être dominée que par l'ambition et ne chercher à faire usage de sa beauté que pour mettre un monarque à ses pieds. On prétend qu'un ministre audacieux (le duc de Choiseul), qui avait grand intérêt de la maîtriser, tenta de lui persuader qu'on avait tort de négliger des charmes qui méritaient l'adoration ; il chercha à le lui prouver par tous les moyens de séduction auxquels il était fort exercé, et il réussit ; mais elle sentit bientôt qu'elle s'était donné un maître. Dès lors, la vie lui fut plus qu'indifférente. La sérénité qu'elle marqua dans sa dernière maladie porta à croire que la mort la tirait de quelque embarras, et l'on n'aperçut pas de regrets bien vifs de la part du monarque qui avait tout fait pour elle.

FIN

www.ingramcontent.com/pod-product-compliance
Ingram Content Group UK Ltd.
Pitfield, Milton Keynes, MK11 3LW, UK
UKHW022320170726
13837UKWH00005BA/2096

9 782329 562735